KB135461

강대선 시조집

상상인 시선 *046*

가시는 푸름을 기워

*본문 페이지에서 한 연이 첫 번째 행에서 시작될 때에는 〈 표기를 합니다.
*저자의 의도에 따라 작품의 보조 동사와 합성 명사는 띄어쓰기가 달라질 수 있습니다.

시인의 말

생각하니

옛 나는

드들강에서 버들치와 살았다

그 시간이 나를 지었다

■ 차 례

1부 별물이 번진다

2부　바람이 동동촉촉 밟고 가는

3부 한 발짝, 미끌리는 숨

4부 까닭 없이 석양에 물들거든

1부

별물이 번진다

봉숭아

이승으로 넘어오는 징검다리 붉은 노을

꽃상여 타고 떠난 우리 누이 손톱에

아리랑 물들여 놓았지

첫눈 오면

건너오라고

노을역

여자만 섬달천에 노을역이 들어서도

손님은 안 보이고 바람만 드나든다

역 앞은 은빛으로 환한

햇살의 놀이터

*

섬과 섬을 기우며 갈매기가 날고

역장도 우체통도 보이지 않는 역

노을은 제집인 듯 들어

만 평으로 붉어진다

*

노을역에 앉아 그 사람 기다리다

연서 한 장 써 놓고 돌아오는 길

가슴에 노을로 오는

그 사람이 서 있다

립스틱

입술은 구겨져서 가볍게 날아간다

긴 기다림 끝에 맞이한 짧은 입맞춤

휘발된 알코올처럼

버려지는 장밋빛

일회용 인연도 사랑이라 말하지만

한 번 지나가면 오지 않는 바람

입술은 빛바랜 연서

아련해진 낮달

노시인

등 굽은 털모자가 시집 한 권을 들고

눈 쌓인 골목길을 한 발 한 발 내디딘다

갈 길이 아직 멀다는 듯

앞장서는 지팡이

마당 깊은 집

바랭이 강아지풀 숨죽이는 저물녘에

장독대 틈 사이로 구렁이 지나간다

고요는 툇마루에서 먼지로 층을 쌓는다

우체통은 주인 없는 고지를 받아놓고

별들은 감나무 가지에 오종종 앉아 있다

처마는 구부러지고 기와 물결 끊어진다

바람이 들락거리는 양주댁 방안으로

손주들 웃는 모습 흙벽에 즐비한데

흩어진 근황을 묻는 달빛만 수심 깊다

연어

튀어 오르는 저, 비바*

화들짝, 놀란 허공

날 것의 힘찬 도약

입술 오므린 감탄

온몸이 스프링 분수

비약하는 저, 디바

* 이탈리아어로 '만세'.

은하

그 사람 숨결, 지상에 스미잖아도

그 사람 목소리 지상에 들리잖아도

가슴은 그 사람이 들어

별물이 번진다

초암에서

별빛이 푹푹, 쌓인 눈을 밟고

산사는 고적하고 스님은 반가사유상

마을은 손 모은 연등

호수는 달빛 법열

분향

흰 두루미 한 마리 허공으로 오른다

한 줄기 호곡이
맴을 도는
영정

하얗게
굽이치다가

흩어지는

연
기
설

히말라야 독수리

절벽 위로 펼쳐진 허공을 바라본다

순례자의 영혼은 바람으로 일어나고

룽다는 나부끼는 날개

서녘으로 물결친다

찬 이마가 아무다리야 바람을 맞는다

지상에 펄럭이는 오색의 영혼

깡링*이 혼들을 부르면

넓적다리뼈가 들썩인다

* 인골피리.

자벌레

나는 왜 바닥인가

나는 왜 Ω인가

절벽 같은 나무 등줄기

오체투지로 오른다

라사*는 내 안의 하늘

순례길은

三步一Ω

* 티베트 최고의 성지 축락캉 사원이 있다.

발끝에 도달하다

바랭이와 쇠비름이 잠에서 깨어난다

부활한 녀석들이 골목길로 몰려든다

군단이 집을 포위하자

개들이 컹컹댄다

*

뽑히고 베어지고 버려지고 밟혀도

물러설 줄 모르는 싯푸른 전사들

의지가 하늘을 찌른다

오늘은 내가 변방이다

낙엽

찢기고 구르고 닳아 없어질 때까지

가장 낮은 곳으로 제 몸을 던져

지상을 세족洗足하고 있는 그리스도의 손

2부

바람이 동동촉촉 밟고 가는

아몬드꽃 피는 나무*

휘어진 가지마다 하얀 눈물 떨어져

지상에서 피어난 가난한 빈센트

화지엔 귀가 잘린 꽃

푸른 피가 스몄다

* 고흐의 그림.

시지프스

눈물 만 평을 경작하며 살아온 사내

쓰디쓴 한생이 대못처럼 박힌다

눈물로 눈물을 모아

바다로 굴린다

*

설움 만 평을 지니고 살아온 사내

불 꺼진 등불처럼 소식이 캄캄하다

바다는 눈물의 묘지

철썩철썩 천근만근

*

상처 만 평으로 한생이 흉터인 사내

찢긴 눈물을 별빛으로 기운다

한밤 내 전생을 굴려

바다에서 차오른다

노래자*

드리우는 석양 따라 갈매기 떼로 울어

파도는 철썩이고 윤슬은 자글댄다

사내는 설움을 부어

잔을 올린다

*

섬에 든 사내는 떠돌다 온 불효자

누우신 어머니 한 말씀 없으시고

목이 쉰 어부의 노래만

절마다 눈물 겹겹

*

구름 뒤에 머물던 달빛이 일어서면

사내는 색동옷 입고 아이처럼 춤을 춘다

둥기둥 어깨 들썩이며

어머니, 내 어머니

* 고희가 넘은 나이에 노부모를 즐겁게 해드리려고 어린애가 입는 색동옷을 입고 춤을 추었다.

폭설

성난 기마병처럼 눈발이 달려든다

필생필사의 각오로

몰려드는
군마들

어둠은 칼날에 찔려

하얀 피를
쏟는다

지상을 덮고 있는 군마들의 울음소리

제압당한 어둠 위로
쌓이는 눈발

노인은 빗자루를 들고

새벽을
쓸어내린다

귀래歸來

바람이 동동촉촉 밟고 가는 고갯길

옷깃 여민 솔가지 간간이 기침하는 오후, 한 움큼 햇살 받쳐 든 우듬지 흔들리고, 숫눈 밟고 지나가는 고라니 소리에 고개 갸웃거리는 구름, 늙마에 찾아드는 고향은 깊고 아득해, 어둑해진 마을을 낯선 기침처럼 들어서니, 곰살궂은 골목길이 정다이 손잡아 이끈다

술잔엔 함초롬한 달빛, 어리는 어머니

고양휴게소에서

늦가을 냄새가 자욱한 옷깃들

머지않아 뒷맛으로 흩어질 이 시간

한 모금, 파고드는 쓸쓸

학이 날아간다

한 줄기 연기로 흩어지는 갈색 시간

하룻밤 꿈처럼 흐릿해진 별빛들

한 모금, 빨려드는 회한

고향이 자욱하다

목관木棺

백두대간 천년 주목 안식처럼 깊은 잠
비틀어지고 꺾여도 뼈 이어온 천년 족보
붉은 몸 벽사辟邪의 목관
썩지 않는 어진 향

권력은 흔적 없고 고분만 홀로 남아
영욕을 뒤로한 채 고인은 말이 없다
주목은 향으로 남아
아스라한 천년 혼

단장斷腸
–이태원에서

끓는 물이 넘친다
화상 입은 허공의 절규

네온사인 붉은 밤
흉터로 오목하고

골목은 검은 똬리 틀고
비애로 굴절한다

휘어지는 달빛
거리는 말이 없고

눈 감은 가로등
탄식하는 불빛

바람은 끊어진 창자
오열하는 적막

안부

해마다 바라보는 북녘은 붉은 노을
기다림이 달라붙어 갈비뼈가 앙상한데
소식은 기척도 없고
바람만 맴을 돈다

개성공단 금강산 어깨로 둘러메고 임진강 오리 떼 와글와글 날아오른다
어이해 우리만 남아 서로의 섬인가

저기가 그곳인데 한달음에 지척인데
쳐대는 파도 소리 앞길을 가로막고
노을은 가슴을 태워
잿빛으로 물드노니

새들의 꽁무니에 서신 한 장 매달아
휴전선 넘어 아들에게 닿으련만
마음은 천 리를 오가도
이내 몸은 붙박이

고향 가는 휴전선은 육신으로 못 넘고 백발로도 휠체어로도 갈 수 없는 북녘

바람아 등 밀어 다오 한 줌의 재로 넘으리

돌아서도 누워도 마음은 항상 거기
가까워도 멀어도 마음은 그냥 거기
밤들은 불면의 고향
눈을 떠도 마음은 거기

쓰고 또 쓰는 마음 전할 길 없어
바닷물에 던지자 풀어지는 먹물들
물컹한 이내 가슴만
새까맣게 울컥이고

임진강 나루에서 웅진반도 안악골까지 찔레꽃 업고서 진달래꽃 손잡고서
휴전선 녹슨 철조망 떼어 메고 갈거나

하루가 부러지고 내일이 혼절해도
아버지 그리워 날개를 펼쳐 들고
고향에 갈 수 있다면
육신도 벗으리
〈

소낙비를 맞아 볼까 어둠 속을 걸어 볼까
봄이 가고 겨울 가면 오랜 안부 받아 볼까
고향은 몸 성히 있는가
뼛가루만 저 멀리

남광주

순갈 쿡, 찔러넣는 새벽시장 국밥

후르르 들이마신 한 생이 얼큰하고

짜르르, 붉어지는 식도

창밖은 하얀 폐선로

개나리 할매

햇살도 휘움하게 쏟아져 오는 아침나절,

한갓지게 앉아 있던 지팡이 몸을 일으킨다. 히죽, 웃을 때마다 빠진 앞니 사이로 움돋이 하듯 혀를 내밀다가 마당을 서성인다. 들여다본 편지함엔 묵은 적막이 솔래솔래 빠져나가고 흐리마리한 추억만 서너 개 남겨져 있다. 벨 소리에 허둥지둥 달려가 전화기 손에 드니 반가운 손자 목소리. 온냐, 온냐, 우리 강아지, 입에서 연신 함박웃음 쏟아진다.

개나리 흐드러지는 하천가 외딴집

코스모스

엄니, 같이 지내는 분들과 사이좋게 지내야 쓰요이

동네 아저씨 같은 의사가 앙상한 어머니의 다리를 살피며, 밥은 잘 드시는지, 잠은 잘 주무시는지, 혼자 일어서기는 하시는지, 친구는 있으신지, 이것저것 챙겨서 묻는다. 어머니는 말 잘 듣는 아이가 되어, 잘 지내라우. 근디, 밥이 먹고 시픈디 죽만 줘라, 뭐라고 좀 해 주시오야. 의사는 잘 알았다며 고개를 끄덕이더니 어머니 손등을 다독인다.

고향 집 하천 둔덕이 하늘하늘 붉어졌것다

함박눈

묵은 산 아래 판잣집 그 아래

하얀 강이 흐르는 계곡 그 아래

길 가다 풀냄새 나는

그 아래 누운 무덤

고우신 어머니가 하늘로 계시다가

이 추운 가슴을 보듬어 주시려고

먼 길을 찾아오셨나

저 하얀, 반딧불이 떼

3부

한 발짝, 미끌리는 숨

마트료시카

비 갠 후, 나주 성당 지나다가 들었네

잎사귀 물기 번진 낮고 낮은 속삭임

사랑은 눈물 안의 눈물

포란抱卵하는 종소리

미완의 계절

눈 비비며 밤새운 적도 있지만

어둠 속 문장이 잡히지 않는다

소문은 들려오지만

마침표가 없다

이 계절을 건너야 너를 건널까

꼬리 잘린 시어가 혀를 날름인다

꿈인 듯 다시 봄이 와도

손끝은 겨울이다

어느 한적한 오후의 풍경

지난 추위 넘긴 저 소곳한 할매

아파트 샛길에 오이, 상추, 고추, 쪽파를 벌여놓고 쪼그려 앉아 홑바지에 햇볕을 덧댄다 조쌀한 얼굴로 간간이 바라보는 하늘, 하얀 머리칼 드리운 구름, 귀밑을 간질이는 바람, 벚꽃은 사붓이 내려 길 위 꽃물들이고, 지나가는 단골이 살가운 안부를 물어온다

덤으로 웃음 두 포기 하뭇하게 얹는다

르네상스

죽비 소리에 놀라 눈 총총한 별무리

부풀어 오른 들녘 옆구리에 꽃이 피고

산 아래 눈 녹은 마을 매화가 달싹인다

남강에 쏟아지는 봄 햇살은 폭포수

틈마다 솟구치는 연두의 여린 뿔

노스님 가부좌 풀고 기지개를 켠다

사월

파릇한 풀 위로 몸 세운 배암
짜릿, 더운 피가 거꾸로 흐른다
삽날이 허공 가르자
분리되는 한 생

방향을 잃어버린 S의 절규
바닥과 허공을 한바탕 휘젓는다
적막한 절규의 자리
난만한 동백꽃

49

앉았던 그 자리 가만가만 더듬는다

쉬, 마르지 않은 흔적을 어찌할까

어젠 듯 생생하건만

부르면 가뭇없고

*

서 있던 그 자리 가만가만 더듬는다

쉬, 보낼 수 없는 마음을 어찌할까

빈자리 메울 길 없어

돌탑을 쌓는다

기일

산에 드신 어머니
맺혀 듣는 빗방울

가시는 푸름을 기워
그리움에 덧대고

장승은 먼 산을 보며
등뼈가 젖는다

똥둑간

비사표 성냥불을 아래로 떨어뜨린다

냄새나고 비천한 저 밑바닥 구더기

舌舌舌 온몸이 구도

한생이 화엄

판화전

태백파, 무등파, 옥탑방파, 고수들

회오리 몰아치듯 검법을 펼친다 산들산들 바람 같고, 슬렁슬렁 넘어가는 구렁이 같고, 한 번에 몰아치는 세찬 북풍 같다 날렵한 선으로 첩첩한 산줄기를 담아낸 고수들의 칼놀림에 입이 딱 벌어진다

섬뜩한 고수의 칼날이 내 문장을 가른다

대성학원 사잇길

불 꺼진 가로등 아래 멈춰 선 기침 소리

동여맨 폐지 위로 어둠은 층층 쌓이고

한 발짝, 미끌리는 숨

별빛도 땀 흘리고

출구

숫자들의 몸에 ×로 긋는다
낙엽처럼 뒹구는 상처 난 마스크
침묵이 바람에 날린다
입들이 벗겨진다

지워지는 또 하루
흩어지는 광장
불안한 창문에 수심이 차오르면
밀실은 문을 잠그고
어긋나는 입들

아우성은 속울음
찢기는 너와 나
벽을 사이에 두고 안부를 묻는다
그래도 내일은 하며
지나가는 입들

실종

장대비 쏟아진 뒤 어둠이 몰려든다

바퀴들은 내달리고 고양이는 납작하다

별들은 남겨진 울음

붉어지는 가로등

*

바퀴의 발톱이 바닥을 긁어대면

검붉게 달라붙은 비애를 드러낸다

바람은 가시 같은 울음

깜박이는 신호등

사각지대

갈라진 가지에 발을 얹고 올라가
불그족족 걸린 잘 익은 감 하나
손 뻗어 움켜잡으니
옆구리가 썩어 있다

밑에서 올려다보면 그럴싸한 이야기
가려진 허방이 어디쯤 있을 것 같아
섣불리 고개 끄덕이며
오르지 않기로 했다

바닷가 묘지
–제주 4·3

검은 등뼈 드러난 돌무덤에 파도치면

망자를 호명하는 갈매기 울음소리

바람은 울음의 관절

검붉은 꽃들

검은 돌을 자리 옮겨 묘비로 놓는다

흐린 달빛 이끌고 대폿집에 들어앉아

빈속에 소주를 붓는다

차오르는 눈물

4부

까닭 없이 석양에 물들거든

상사화

눌러 끈 담배꽁초 수북한 선술집

바람으로 떠돌다 눌러앉은 저 여인

담배꽃 피워 올리니

한생이 아득하다

*

열하루 비가 내려 차오른 저수지

꽁초를 던지듯 몸을 던진 저 여인

물안개 피어오르며

다음 생에 만나요

북향

우리네 타향살이 언제나 끝나려나

칠십 년 지나도록 바라보는 저 너머

어깨춤 젓가락 장단

의주댁은 아흔 고개

해 질 무렵

이따금 두 뼘 남짓한 거리를 더듬어 본다

머리에서 가슴으로 옮아가는 이 거리가

지나온 내 생이 아닌지

남은 생은 아닌지

저물녘의 풍경

이제 살 만한데 다 죽고 없어라우

당골네 할머니가 무심하게 말을 건네자 할머니는 병아리가 돌아다니는 마당을 한참 지켜보더니

그거시 그런단 말이오

아흔의 해가 아물거렸다

여숫머리

웃녘 장에서 술 한 바끄럭 펴마신 동개 영감

비틀어지고 짜부라지고 고꾸라진 삶의 군상 같은 마른 고것을 움켜잡더니, 아래 장에서 올라와 폼새가 영락없는, 굽은 동개 엄마 등허리 같은 고것을

단숨에 털어 넣는다

한 생이 여수旅愁다

선경

밥그릇을 씻어 찬장에 가지런히 엎는다

명절 밥상 앞에 하나둘 모여든 식구들

선산에 둥근 무덤처럼

가지런히 다정타

해남

지금쯤 땅끝에 도착해 있겠네
가는 길에 늘어선 아기 동백 붉어지면
남자는 바다로 가고
여자만 남았겠네

다다른 땅끝 바다는 낙화처럼 물들어
갈 데 없는 여자는 혼자서 울었겠네
길 따라 동백 삼천 리
썰물처럼 쓸쓸했겠네

구만리

가다가 까닭 없이 석양에 물들거든

새도 되고 강도 되고 노을 따라 길도 되어

한갓진 꽃마리 되어 외로움도 저만큼

가다가 까닭 없이 눈물에 물들거든

별도 되고 詩도 되고 세월 따라 먼지 되어

무덤가 그대 곁에 누워 서러움도 저만큼

가다가 까닭 없이 인연에 물들거든

만나고 헤어지다 꽃씨로 만나거든

천년쯤 산기슭에 피어 쓸쓸함도 저만큼

부각 나비

실패에 감긴 소식 별처럼 아득한데

깨꽃 떨어지는 밤, 흰 쌀밥 머리에 이고

울 엄니 나비 혼 되어

누이한테 가시는가

어청도에서

그 섬에서 보았지, 어머니의 빨래판

방망이로 때려 대듯 바람의 거친 손

칼칼칼 땟물이 빠진

파도가 밀려왔지

그 섬에서 보았지, 아버지의 숫돌

일 나가기 하루 전 무딘 날 가시는 듯

철철철 녹물이 빠진

노을이 밀려왔지

남평

유모차 밀고 가는 등 굽은 마을 길

남천나무 열매는

석양인 듯 붉고

먼 귀에 개 짖는 소리

번지는 어머니

우리 건달님

건들건들 걸어서 건달인 줄 알았드만

고서를 펼쳐내니 신들의 이름이다. 건달아, 이름 불러도 꼼짝하지 않는다. 한 장을 넘겼더니 건달 내력이 상세하다. 지국 건달바왕 수광 건달바왕 정목 건달바왕 화관 건달바왕 보음 건달바왕 낙요동묘목 건달바왕 묘음자사당 건달바왕 보방보광명 건달바왕 금강수화당 건달바왕 낙오현장엄 건달바왕이라, 예전에 건달들께서 세상을 휘젓고 다니셨노라. 건달바乾闥婆 번역하노니 향기 먹는 신이라, 술 고기 좋아하고 싸움질 좋아하는 우리 아들 건달이가 향기 나는 이름이라. 이런 낭패가 푸대접도 이만저만, 변변찮은 직장 없이 음식 냄새 맡듯이 돈 냄새 맡아가며 어깨들과 건들건들, 땅 뺏고 나와바리 싸움 인상조차 고약한데 아악을 맡아보는 신이었단 내용에 야, 건달 이리 와봐 노래는 좀 하냐? 아들놈 씨익 웃으며 한 가락을 뽑는데 날건달은 날건달인가 어깨춤에 흥이 난다. 건달은 다른 말로 한량이라 음식 향기 맡고 그 집에 달려가 악기를 연주하고 음식을 축내고 같이 울어주고 웃어주며 며칠이고 엉덩이 깔고 잘 놀아준다. 상을 당한 사람마다 아는 체하며 추켜세워 주니 이 맛에 이력이 난 한량들이 다른 일인들 손에 잡힐까. 뒤져도 향기만 먹는 건달바 한량 놀음, 용무늬 문신 새겨 넣은 아들놈 등에 금강수화 건들바님 함자를 새겨 넣는다.

건달님, 큰 법을 닦아 개과천선하시게나

만추

바람 소리 흩어지니 은행잎 수북하고
마당이 고요하니 불경 소리 가득하다
저물녘 산사 마당귀
등 밝히는
만월

◧ 해 설

시간 탐색을 통해 삶의 본령에 가닿는 역동적 서정

유성호(문학평론가·한양대학교 국문과 교수)

1. 고전적 형식과 다양한 음역音域

강대선 시조집 『가시는 푸름을 기워』는 시인 특유의 내면적 고백과 삶의 해석을 정형 양식에 담아낸 예술적 축도縮圖로 다가온다. 아닌 게 아니라 시인은 "생각하니//옛 나는//드들강에서 버들치와 살았다//그 시간이 나를 지었다"(「시인의 말」)라고 말하였는데, 이는 자신을 구성하고 키워 온 미학적 형질이 오랜 자연 경험의 시간에 있었음을 토로하는 것으로 읽을 수 있다. 그만큼 강대선은 자연 경험의 시간에서 비롯한 사유와 감각을 심미적 언어에 담음으로써 완결성 있는 시조 미학을 구축해가는 시인이다. 특별히 그는 초월과 암시를 통한 응축의 정형 미학을 완미하게 구현함으로써 안정성과 다양성을 함께 구비해가고 있다 할 것이다.

강대선 시인이 건네는 목소리에는 자아와 공동체, 일상과 역사, 황홀과 페이소스 사이를 횡단해가는 남다른 문양이 그려져 있다. 그는 우리가 살아가는 구체적 현실을 바탕으로 삼으면서도 존재론적 심층의 언어를 최량의 언어로써 구성해가고 있는 것이다. 이처럼 시인은 인상적인 장면이나 순간에 대한 기억의 현상학에 매진하면서도 그 장면과 순간이 의미론적 확장을 거듭해가는 과정을 포착하고 표현한다. 때로 그것은 단아한 아포리즘으로 나타나기도 하고, 가장 궁극적인 인간 존재론에 대한 예술적 표현으로 이어지기도 한다. 표면적 관찰을 넘어 근원적인 삶의 심층을 되묻는 시인의 이러한 의지는 그래서인지 내면과 사물을 이어주는 통합적 마인드에 의해 한결같이 완성되어간다. 따라서 우리는 그의 시조를 통해 한결 미덥고 성숙한 시인의 시선을 만나면서 동시에 고전적 형식과 다양한 음역音域을 한껏 경험하게 된다. 이제 그 세계 안쪽으로 한 걸음씩 들어가 보도록 하자.

2. 순간을 특권화함으로서 이루어내는 인간과 사물의 존재론

먼저 강대선의 단시조 미학을 살펴보자. 함축과 절제를

본령으로 삼는 단시조는 정형 양식 가운데서도 서정의 원형을 담아내기에 가장 유용한 그릇이다. 그의 단시조는 삶에서 수없이 만난 순간들을 촌철살인의 언어로 복원하면서 그 안에 통일적 인상을 구성해내는 일관성을 보여준다. 그렇게 완성된 형상을 통해 시인은 삶의 순간성에 이르고 나아가 그것들에 한없는 영원성을 부여해간다. 해독 불능의 장광설로 가득한 우리 시대를 휜칠하게 거스르면서 사물의 순간성을 응시하는 투명성으로 간결한 서정성을 구축해가는 것이다. 그럼으로써 그는 정형의 미학적 범례範例들을 산뜻하게 만들어간다.

등 굽은 털모자가 시집 한 권을 들고

눈 쌓인 골목길을 한 발 한 발 내디딘다

갈 길이 아직 멀다는 듯

앞장서는 지팡이

— 「노시인」 전문

어느 노老시인의 외관을 묘사한 이 시편은 그 노시인의 아우라를 "등 굽은 털모자"와 "시집 한 권" 그리고 "눈 쌓인 골목길"과 조심조심 걸음을 인도하며 "앞서가는 지팡이"로 집약해낸다. 겨울철 눈길을 한 발 한 발 내디디면서 걷는 노시인은 "갈 길이 아직 멀다는 듯" 지팡이를 짚고 길을 나선다. 비록 등 굽은 털모자나 지팡이가 이 시인의 완연한 노경老境을 말해주지만, 아직 갈 길이 멀다는 듯 걸음을 떼는 노시인의 면모는 예술에 늙음이란 존재하지 않는다는 사실을 선연하게 암시해준다. 이때 시인의 시선은 시간 바깥까지 확장해가는 예술론을 응시하고 있을 것이다. 다음은 어떠한가.

바람 소리 흩어지니 은행잎 수북하고

마당이 고요하니 불경 소리 가득하다

저물녘 산사 마당귀

등 밝히는

만월

— 「만추」 전문

이승으로 넘어오는 징검다리 붉은 노을

꽃상여 타고 떠난 우리 누이 손톱에

〈

아리랑 물들여 놓았지

첫눈 오면

건너오라고

―「봉숭아」 전문

이번에는 우리 기억 속에 깃들여 있는 자연 사물의 운행을 가져왔다. 늦가을 서정을 노래한 앞의 작품은 "바람 소리"와 "불경 소리"의 화음和音을 선연한 음색으로 담아냈다. 바람에 흩어지는 은행잎과 고요한 마당을 가득 채우는 독경 소리가 만추晩秋의 저물녘 산사 마당귀를 적시고 있다. 그 위로 "등 밝히는/만월"을 포착한 시선이 투명하고 환하게 다가온다. 뒤의 작품은 '봉숭아'를 점묘하는 과정을 보여준다. 봉숭아는 마치 "이승으로 넘어오는 징검다리 붉은 노을"처럼 다가와서는 "꽃상여 타고 떠난 우리 누이 손톱에//아리랑 물들여" 놓은 서사를 품고 있다. 그렇게 "첫눈 오면//건너오라고" 물들인 봉숭아 곁으로 우리 모두의 사라져간 시간이 되돌아온다.

이처럼 강대선 시인은 자신의 기억 속에 깃들인 사물의 순간성을 아름답게 재현해놓았다. 모든 기억을 평면적으로 늘어놓는 것이 아니라 특정 기억을 선택하고 가시화하면서 어떤 순간을 특권화하는 것이다. 그렇게 시인은 삶의 보편적 원리에 대한 형상적 성찰 작업도 수행하지만 더 심층적으로는 자신의 기억을 선택하고 예술화함으로써 단시조 미학을 완결성 있는 음악이자 회화로 만들어간다. 그럼으로써 인간과 사물의 존재론을 낱낱이 기록해간 것이다. 한편으로 언어를 앞질러가고 한편으로 언어를 거스르려는 이러한 의지는 시간의 흐름을 대체할 '다른 시간'으로서의 순간성을 꿈꾸게 해준다. 정갈하게 다가오는 음성이 우리 내면에 아름답게 안착해온다.

3. 존재론적 기원의 탐구

대체로 서정시는 인간의 존재론적 기원에 대한 성찰을 지속적으로 수행해가는 양식적 본령을 거느린다. 그 방법으로는 최대한 다듬어진 함축의 언어로 오랜 시간을 유추해가는 작업이 뒤따르게 마련이다. 또한 서정시는 시간의 흐름을 경험하고 기억해가는 양상과 그에 대한 심미적 초월을 소망한다는 점에서도 양식적 일관성을 보여준다. 서정시의 한 축을 이루고 있는 시조는 이러한 기원 추구와 시간 초월의 양상을 일관된 서정의 원리에 의해 펼쳐간다. 강대선 시인은 자신의 시조에 삶의 시간성을 덧입혀 가장 근원적인 삶의 이법理法을 노래해간다. 그 안에 들어찬 정서는 처연한 회상도 있고 은은한 결기도 있는데, 이때 시인이 탐구하는 존재론적 기원origin이란 시인의 존재를 가능케 해준 어떤 피붙이 같은 원형이기도 할 것이다. 우리는 시인이 끊임없이 기원으로 귀환하려는 열망과 만나면서 삶의 가장 원형적인 상像이 녹아 있는 형상들에 가닿게 된다. 다음 작품을 먼저 읽어보자.

그 섬에서 보았지, 어머니의 빨래판

방망이로 때려 대듯 바람의 거친 손

칼칼칼 땟물이 빠진

파도가 밀려왔지

그 섬에서 보았지, 아버지의 숫돌

일 나가기 하루 전 무딘 날 가시는 듯

철철철 녹물이 빠진

〈

노을이 밀려왔지

— 「어청도에서」 전문

어청도는 전북 군산 앞바다에 있는 섬이다. 대부분 암석 해안으로 이루어진 그 외딴 섬에서 시인은 "어머니의 빨래판"과 "아버지의 숫돌"을 감각적으로 바라보게 된다. 방망이로 때려대듯 거친 바람에 밀려오는 파도 형상에서 '빨래판'을 읽고, 일 나가기 전 무딘 날을 가시는 듯 녹물이 빠진 노을에서 '숫돌'을 발견한 것이다. 부모님이 수행하신 가파른 노동의 시간 속에서 시인은 자신의 존재론적 기원起源을 탐색하고 있는 것이다. 그렇게 시인은 "눈물 만 평을 경작하며 살아온 사내"(「시지프스」)처럼 어머니와 아버지가 남기신 삶의 흔적을 소중하게 거두어들이고 있다.

유모차 밀고 가는 등 굽은 마을 길

남천나무 열매는

석양인 듯 붉고

먼 귀에 개 짖는 소리

〈

번지는 어머니

—「남평」 전문

바람이 동동촉촉 밟고 가는 고갯길

옷깃 여민 솔가지 간간이 기침하는 오후, 한 움큼 햇살 받쳐 든 우듬지 흔들리고, 숫눈 밟고 지나가는 고라니 소리에 고개 갸웃거리는 구름, 늙마에 찾아드는 고향은 깊고 아득해, 어둑해진 마을을 낯선 기침처럼 들어서니, 곰살궂은 골목길이 정다이 손잡아 이끈다

술잔엔 함초롬한 달빛, 어리는 어머니

—「귀래歸來」 전문

시인은 나주 남평에서 "유모차 밀고 가는 등 굽은 마을길"을 바라본다. 쇠잔과 소실을 잔광처럼 품은 시골길에서 시인은 석양인 듯 붉게 익은 "남천나무 열매"를 발견한다. 그때 멀리서 개 짖는 소리가 들려오고 시인은 그 청각적 울림 사이로 번져오는 어머니 모습을 느낀다. 이래저래 어머니는 부재하시고 또 편재遍在하신다. 뒤의 작품은 '귀래歸來'라는 제목을 달았는데, 여기서도 "바람이 동동촉촉 밟

고 가는 고갯길"이 등장한다. 그러고 보니 시인은 '섬'이나 '길'에서 문득문득 스스로의 기원을 응시하고 발견한다. 시인은 이 아름다운 사설시조에서 '솔가지'와 '우듬지' 흔들리는 오후에 깊고 아득하고 어둑한 귀향을 수행한다. 곰살궂은 골목길이 반갑게 맞아들일 때 "술잔엔 함초롬한 달빛"처럼 어리는 '어머니' 모습은, 앞에서 개 짖는 소리에 번져오던 어머니 모습과 고스란히 동일체를 이룬다. "한 생이 여수旅愁"(「여숫머리」)이듯이 고향 떠나 살면서 함박눈 속에서도 "고우신 어머니가 하늘로 계시다가//이 추운 가슴을 보듬어 주시려고//먼 길을 찾아"(「함박눈」)오시는 것으로 읽거나, 나비 한 마리를 보면서도 "울 엄니 나비 혼 되어//누이한테 가시는"(「부각 나비」) 것처럼 느끼는 '시인 강대선'의 오랜 기원으로서 '어머니'는 우뚝하기만 하다. 마침내 "명절 밥상 앞에 하나둘 모여든 식구들"(「선경」)이 보이는 듯도 하지 않는가.

결국 강대선 시인은 한없는 생성과 소멸이라는 시간의 흐름을 경험하고, 나아가 우리의 존재를 규정하는 시간의 경계들을 재구성하는 방식으로 기원 탐구의 시선을 보여준다. 또한 그것은 이성의 규율에 대한 저항의 가능성을 담으면서 우리 삶에 숨쉴 틈을 내는 뿌리 찾기의 작업이기도 할 것이다. 그러한 작업을 통해 우리는 그의 시조가 가장 오랜 시간을 거스르는 존재론적 기원 탐구의 순간과 함께 그것을 인사人事와 유추적으로 연관시키는 상상력을 만나게 된다. 이러한 방식은 강대선의 시조가 기억 저편의 시간을 호명하면서도 그 안에 사물에 대한 예술적 경험을 구성하는 장면을 보여주는 쪽으로 나아가게 도와준다. 그 점에서 이번 시조집은 함축과 절제를 근본으로 삼으면서도 그 안에 사물에 대한 시간적 경험을 보탠 진경進境을 아름답게 보여준다 할 것이다.

4. 타자 지향의 역사적 시선

다음으로 우리는 그의 시조에서 '역사'라는 시간을 만나게 된다. 이때 강대선의 시조는 풍경과 내면의 선연한 조응을 바탕으로 하면서도, 더 넓은 역사의 지평으로 나아오게끔 만들어주는 정신적 성숙 과정에서 발원하게 된다. 그래서 우리는 그 세계가 퇴영적 그리움에 머무르지 않고 오히려 생성 지향적인 역사적 에너지를 내장하고 있는 세계라고 이해할 수 있다. 오랜 시간의 흐름 속에서 이루어가는 시간과 내면의 이러한 결속 과정은 사유와 감각의 가열함이 속 깊은 풍경으로 이어지는 장면을 연출해낸다. 그 안에는 자연스럽게 인생론적 가치를 발견하는 순간들이 오롯하게 깃들이게 되는데, 이때 시인이 공들여 구상화하는 목소리는 세상에서 살아가는 구체적 존재자들의 삶에 대한 섬세한 인식과 표현에서 발원하게 된다. 강대선의 시조는 이처럼 한 시대의 심부深部를 되돌아보는 어법을 꾀하면서 오랜 흔들림 끝에 가닿는 공감과 연대의 가능성을 보여준다. 결국 동시대의 타자들을 관찰하고 그들을 연민하는 시인의 시선과 목소리는 우리 시조의 외관과 실질을 넓혀주는 중요한 성취라고 할 수 있을 것이다.

우리네 타향살이 언제나 끝나려나

칠십 년 지나도록 바라보는 저 너머

어깨춤 젓가락 장단

의주댁은 아흔 고개

— 「북항」 전문

검은 등뼈 드러난 돌무덤에 파도치면

망자를 호명하는 갈매기 울음소리

〈

바람은 울음의 관절

검붉은 꽃들

검은 돌을 자리 옮겨 묘비로 놓는다

흐린 달빛 이끌고 대폿집에 들어앉아

빈속에 소주를 붓는다

차오르는 눈물

―「바닷가 묘지 - 제주 4·3」 전문

앞의 시조는 북항에서 타향살이하는 '아흔 고개' 의주댁을 선명하게 담아낸 인생론적 지도地圖 같은 작품이다. 언제 끝날지 모를 타향살이는 '저 너머'를 바라보면서 칠십 년을 흘러왔다. "어깨춤 젓가락 장단"은 그러한 의주댁의 한恨과 신명을 드러내는 몸짓이 아닐 것인가. "해마다 바라보는 북녘은 붉은 노을"(「안부」)이지 않았겠는가. 뒤의 작품은 제주 4·3사건을 형상화한 결실이다. 제주 바닷가에서 시인은 "검은 등뼈 드러난 돌무덤"과 "망자를 호명하는 갈매기 울음소리"를 통해 그날의 비극을 떠올린다. 울음의 관절인 듯 바람 부는 '바닷가 묘지'에서 검붉은 꽃들이 흩날리고 있는데, 시인은 검은 돌을 옮겨 묘비로 놓고는 대폿집에 앉아 소주를 빈속에 붓는다. 그때 "차오르는 눈물"은, 바닷가 묘지에서 흩날리던 꽃잎처럼, 그날 그 순간을 비극적으로 은유하고 있지 않겠는가. 이처럼 시인은 흐린 달빛 속으로 다가오는 "잎사귀 물기 번진 낮고 낮은 속삭임"(「마트료시카」)을 들으면서 그때 뜬 별들이 지상에 남겨진 울음임을 알아가는 것이다.

결국 서정시는 지나온 시간에 대한 내밀한 기억을 다루면서 기억의 원리를 따라 현실과 역사에 대한 경험을 복원해낸다. 그 점에서 서정시는 공동체의 기억을 탐색해나가는 특성 또한 일관되게 지니고 있다고 말할 수 있을 것이다. 강대선의 시조는 따뜻한 삶의 이치를 밀도 있게 경험하게 하면서도 그 안에서 철저하게 타자의 경험을 안아들이는 기억으로 승화해가고 있다. 조국 분단과 제주 4·3사건의 경험을 재현하고 있는 위의 작품들은, 그 점에서 타자의 삶을 안아들이는 기억의 국량局量을 드넓게 펼쳐간 사례라 할 것이다. 이때 우리는 타자 지향의 역사적 시선이 강대선 시조의 뚜렷한 음색 가운데 하나임을 비로소 깨닫게 된다.

5. 역동적 기운과 표상을 품은 실존적 상상력

나아가 강대선 시인은 삶에 대한 진중한 태도를 발화하는 과정에서 정직한 실존적 감각과 사유를 우리에게 들려준다. 그 점에서 자연 사물을 통한 실존적 깨달음은 강대선 시조 미학의 고갱이가 되고도 남을 것이다. 적막하면서도 역동적이기 그지없는 그의 내면은 이처럼 정갈한 눈길을 통해 실존적 고독을 치유하는 상상적 매개물이 되어준다. 사물에 대한 그의 따뜻하면서도 활달한 관찰은 통증의 삶을 넉넉하게 치유하는 힘을 내장하고 있기 때문이다. 강대선 시인의 남다른 감각과 사유에 의해 그 밀도와 각도가 정해진 실존적 상상력이 그러한 과제를 감당하고 있는 셈이다. 역동적 기운과 표상을 품고 있는 그러한 실존적 상상력의 사례를 검토해보도록 하자.

절벽 위로 펼쳐진 허공을 바라본다

순례자의 영혼은 바람으로 일어나고

룽다는 나부끼는 날개

서녘으로 물결친다

〈

찬 이마가 아무다리야 바람을 맞는다

지상에 펄럭이는 오색의 영혼

깡링이 혼들을 부르면

넓적다리뼈가 들썩인다

–「히말라야 독수리」 전문

'히말라야 독수리'는 절벽 위로 펼쳐진 허공을 바라보면서 룽다를 날개 삼아 순례자의 영혼으로 날아다닌다. 바람으로 일어나서 서녘으로 물결치는 독수리의 동선은 그 자체로 시원始原을 가로지르는 시인의 상상력이 불러온 표상인 셈이다. 인골피리가 혼魂들을 부를 때 찬 이마를 바람에 부딪치며 넓적다리뼈를 들썩이는 독수리의 모습은 그가 일개 생명체가 아니라 히말라야를 감싸고 운행시키는 영성의 존재자임을 알려준다. 이처럼 강대선 시인은 "날것의 힘찬 도약"(「연어」)을 통해 우리가 살아가면서 장착해야 할 역동적 기운을 건네고 있다. 그 역동성을 바탕으로 "한생이 화엄"(「똥둑간」)임을 아름답고 기운차게 설파해가는 것이다.

성난 기마병처럼 눈발이 달려든다

필생필사의 각오로

몰려드는
군마들

어둠은 칼날에 찔려

하얀 피를
쏟는다

지상을 덮고 있는 군마들의 울음소리

제압당한 어둠 위로
쌓이는 눈발

노인은 빗자루를 들고

새벽을
쓸어내린다

－「폭설」 전문

'히말라야 독수리'처럼, '성난 기마병'처럼, 필사의 각오로 몰려드는 '군마들'처럼 폭설이 쏟아지고 있다. 이 장면을 묘사하는 시인의 언어는 "어둠은 칼날에 찔려//하얀 피를/쏟는다"라는 시각적 처리와 "지상을 덮고 있는 군마들의 울음소리"라는 청각적 재현을 향한다. 그 압도적인 기운에 제압당한 어둠 위로 쌓이는 눈발은 우리가 되찾아야 할 가장 역동적인 시원의 양상을 잘 보여준다. 빗자루를 들고 새벽을 쓸어내리는 노인의 모습 또한 흰 빛의 동질성으로 우리 삶을 감싸고 있다. 온통 흰 빛으로 물든 이 작품에서 시인은 비록 "오늘은 내가 변방"(「발끝에 도달하다」)일지라도 그 변방을 적시는 백색의 반란 속에서 "별도 되고 詩도 되고"(「구만리」) 마침내 삶이 되는 기운을 얻고 있는 것이다.

원초적으로 서정시는 시인 스스로 살아온 시간의 결을 회상하고 성찰하는 기억 작용을 강하게 활용하는 언어예술이다. 우리가 그 창작 동기를 나르시시즘에서 찾을 수 있는 이유도 바로 여기 있을 것이다. 이처럼 서정시의 중요하고도 원초적인 욕망은 한편으로 자신의 안쪽으로 몰입하려는 기억의 지향으로 나타나고, 다른 한편으로 다양한 사물을 향해 확장해가려는 외연적 힘으로 번져가기도 한다. 강대선 시인은 자신의 삶에 만만찮은 무게로 주어졌던 사물의 흔적에 대한 기억을 부여하면서도, 자신의 실존적 상상력을 가다듬어 우리가 무심히 지나칠 삶의 흔적을 뚫고 들어가 그 이면에 잠든 존재의 심층을 찾아가기도 한다. 또한 자신이 겪어온 고통의 굴곡을 재현하면서 그 안에 흐르는 신성한 가능성에 대해서도 노래해간다. 이러한 과정을 통해 그는 인간의 보편적 존재 형식을 재차 물어가는 것이다. 그 점에서 그의 시조는 인간 실존에 관한 절절한 기원祈願이면서 동시에 역동적 기운과 표상을 품은 긴장과 균형의 시선으로 다가온다 할 것이다.

6. 시간 탐색을 통해 도모하는 미학적 확충

시간은 하나의 지속적인 흐름으로 기억되게 마련이다. 그러나 시간의 흐름은 그 자체로 객관적 실재가 아니라 비유적 형상일 뿐이다. 우리는 시간이라는 개념을 분절하여 과거에서 현재로 또 미래로 흘러가는 형상적 은유를 활용하고 있는 것이다. 그래서 우리는 시간을 물리적 실재가 아닌 사후적 흔적을 통해서만 인지하게 되고, 시간은 사람마다 다른 경험 속에서 구성되는 이미지로 머무르게 된다. 말할 것도 없이 서정시는 이러한 시간 경험을 양식적 본령으로 가진다. 미래를 노래하거나 시간성 자체를 초월한다 해도 그것 또한 시간에 대한 판단일 수밖에 없을 것이다.

그 점에서 서정시는 시간에 대한 경험을 구성하는 양식적 특성을 지니고, 그럼으로써 시간은 분리 불가능한 상호 원질原質을 이룬다. 강대선의 시조 역시 이처럼 시간의 흐름을 통해 전해져오는 내면의 목소리를 통해 구체화되고 있다.

이따금 두 뼘 남짓한 거리를 더듬어 본다

머리에서 가슴으로 옮아가는 이 거리가

지나온 내 생이 아닌지

남은 생은 아닌지

―「해 질 무렵」 전문

바랭이 강아지풀 숨죽이는 저물녘에

장독대 틈 사이로 구렁이 지나간다

고요는 툇마루에서 먼지로 층을 쌓는다

우체통은 주인 없는 고지를 받아놓고

〈

별들은 감나무 가지에 오종종 앉아 있다

처마는 구부러지고 기와 물결 끊어진다

바람이 들락거리는 양주댁 방안으로

손주들 웃는 모습 흙벽에 즐비한데

흩어진 근황을 묻는 달빛만 수심 깊다

– 「마당 깊은 집」 전문

'해 질 무렵'은 모든 사물들이 제자리로 돌아가는 침잠과 회복의 시간이다. 이따금 두 뼘 남짓한 거리를 남긴 채 스러져가는 햇빛, 그것은 어쩌면 "머리에서 가슴으로 옮아가는" 거리쯤 있을 것이다. 그때 비로소 우리는 "지나온 내 생이 아닌지" 혹은 "남은 생은 아닌지"를 스스로에게 물을 수 있다. 그래서 낙조를 배경으로 하는 해 질 무렵은 그 자체로 "가장 낮은 곳으로 제 몸을 던져"(「낙엽」)볼 수 있는 유일한 순간일 것이다. 뒤의 작품은 '마당 깊은 집'에서 발견해가는 오랜 시간이 주인공이다. 하루가 저물어가는 시간에 장독대 틈 사이로 지나가는 '구렁이'는, '먼지의 고요'와 함께 마당 깊은 집을 우의적으로 상징하고 있다. 이때 먼지로 층을 쌓는 것은 시간 자체일 것이다. 하지만 주인 없는 우체통이나 구부러진 처마, 끊어진 기와 물결에도 아랑곳없이 "별들은 감나무 가지에 오종종" 앉아 있다. 그렇게 오종종 모인 별들을 지나 양주댁 방안이 보이는데, 그곳에는 흩어진 가족 근황을 묻는 달빛만 수심 깊게 흐르고 있다. 그러니 '마당 깊은 집'은 오래 비어 있을 흙벽의 시간을 품은 또 하나의 '해 질 무렵' 풍경이 아닐 수 없을 것이다.

이처럼 강대선 시인은 시간에 관해 깊이 탐색하되 그 풍경을 다양한 표상에 놓아둔다. 자연스럽게 그 의미는 어떤 매뉴얼처럼 정연하게 정리되거나 수학 공식처럼 정답으로 귀일하지 않는다. 그의 시조는 의미 해석의 구심력과 원심력을 동시에 균형 있게 견지하고 있기 때문이다. 시간 탐색을 통해 미학적 확충을 도모하려는 이러한 그의 노력은 '시인 강대선'의 깊이 모를 감각과 사유를 전형적으로 보여주는 원천적 힘일 것이다. 그리고 마침내 독자들은 이러한 그의 균형과 깊이를 든든하고 은은하게 수납해갈 것이다.

7. 언어예술로서의 엄정함과 포용적 통찰

지금까지 우리가 천천히 읽어왔듯이, 강대선 시조는 자연 경험의 시간을 삶의 깨달음으로 이어가는 방식을 통해 삶에 내재한 다양한 속성들을 은유해간다. 내면을 직접적으로 토로하는 것이 아니라 다양한 사물과 상황을 시의 표면으로 불러들여 그것들로 하여금 발화 주체가 되게끔 한다. 그때 시인이 노래하는 것은 한결같이 근대적 삶의 효율성에 의해 서서히 사라져가지만, 그 사라짐으로 하여 역설적으로 눈부신 순간이요 사물이요 장면들이다. 이들을 통해 우리는 인간과 자연 사물이 이루고 있는 비대칭적 힘에 대하여 생각할 수 있는 계기들을 얻는 동시에, 또 그것들이 필연적으로 이루고 있는 등위적等位的 네트워크도 알아가게 된다.

이제 우리는 강대선 시조를 통해 인생론적 가치의 중요성과 더불어, 삶은 앞으로 나아가는 것이 아니라 끊임없이 서성거리며 스스로를 반추하는 일임을 깨닫게 된다. 언어예술로서의 엄정함과 포용적 통찰을 담아내면서도 의미의 투명성을 건네고 있는 이번 시조집은 그 점에서 이러한 강대선 시조 미학의 한 정점을 보여줄 것이다. 근원적 시간 탐색을 통해 삶의 본령에 가닿는 역동적 서정이 돌올하게 빛나는 이번 시조집 출간을 마음 깊이 축하드리면서, 앞으로도 우리 정형 미학의 확장과 심화를 위해 보폭 고른 큰 걸음으로 시인의 언어가 나아가게 되기를 희원해마지 않는다.

상상인 시선 ***046***

가시는 푸름을 기워

강대선

초판인쇄 2024년 2월 7일 **초판발행** 2024년 2월 15일

펴낸곳 도서출판 상상인 **펴낸이** 진혜진

표지디자인 최혜원 **기획·마케팅** 전은빈 최유림 노혜림 정현수

책임교정 종이시계 **편집** 세종PNP

등록번호 제572-96-00959호 등록일자 2019년 6월 25일

주소 06621 서울시 서초구 서초대로74길 29, 904호

전화번호 02-747-1367, 010-7371-1871

팩스 02-747-1877 **전자우편** ssaangin@hanmail.net

ISBN 979-11-93093-42-9 (03810)

값 12,000원

* 이 책은 전부 또는 일부 내용을 재사용하려면 반드시 저작권자와 도서출판 상상인의 동의를 받아야 합니다

* 이 도서의 국립중앙도서관 출판시도서목록(CIP)은 서지정보유통지원시스템 홈페이지(http://seoji.nl.go.kr)와 국가자료공동목록시스템(http://www.nl.go.kr/kolisnet)에서 이용하실 수 있습니다.

* 이 책은 교보문고와 연계하여 전자책으로도 발간되었습니다.